心声韵语

刘怀◎著

中国文史出版社

图书在版编目（CIP）数据

心声韵语 / 刘怀著. -- 北京 : 中国文史出版社,2018.10

ISBN 978-7-5205-0605-2

Ⅰ. ①心… Ⅱ. ①刘… Ⅲ. ①诗词－作品集－中国－当代 Ⅳ. ① I227

中国版本图书馆 CIP 数据核字 (2018) 第 230778 号

责任编辑：全秋生

出版发行：**中国文史出版社**

社　　址：北京市西城区太平桥大街23号　邮编：100811

电　　话：010—66173572　66168268　66192736（发行部）

传　　真：010—66192703

印　　装：三河市嵩川印刷有限公司

经　　销：全国新华书店

开　　本：787mm×1092mm　1/16

印　　张：23　　字数：360千字

版　　次：2018年10月第1版

印　　次：2018年10月第1次印刷

定　　价：65.00元

有言在先

说实话，我能把我写的所谓诗词选择部分结集出版，真的要感谢我的同事朋友家人，是他们给了我底气和自信。

我从军从政四十多年，期间有三十多年在机关工作，“爬格子”的事是必须要干的。对于诗词只是有读的兴趣与爱好，总是读归读，写归写，基本上是“天桥的把式光说不练”。即使偶尔诌两句，也未记下来，“狗熊掰棒子，掰一个丢一个”，最后能复述的所剩无几。事情出现转机发生在一次座谈会上，我记得大概是 2002 年，单位组织参观辽沈战役纪念馆，我在座谈收获时读了一首诗，机关的简报上登了。一位同事看到后当面对我说，从哪儿抄来的！我对此话不但没有反感，而是从中得到激励。我想，这是不是说明写得还有点意思，如果很糟糕，何来抄袭之说。俗话说“好脑瓜不如烂笔头”，从那以后，我把读和写结合起来，这已是临界退休的事了。2005 年退休后，我向退下来的老领导、老同志请教如何过好退休生活，他们对我的忠告是一致的，就是要多动，当然包括动脑，说这样可以防止精神抑郁或痴呆。此时，恰好我有幸到杂志社帮忙，多了一些同编辑人员接触的机会，时间稍长，忍不住也让他们看一看我写的东西，征求一下意见，我的一位当主编的朋友给予赞许，甚至开玩笑说，没想到你还是一个“诗人”。由是，我经常告诫自己，一定要坚持住，尽量多读多写，多读以充电，多写以升华。读与写相互促进，相得益彰。随着时间的推移，我上初中的小孙女成了我的知音，她不但有时给我指出问题，偶尔还把我写得东西拿给她的老师看，并把老师给予的肯定反馈给我，这大大地激发了我的热情。我现在拿出“丑媳妇不怕见公婆”的勇气，整理出一部分，以“从心所欲”之任性，把它奉献给不吝赐教的读者，期望得到更多的批评指正。

此次选择的所谓诗词共三百余首，因都是有感而发，直抒胸臆，力求向上，释放正能量，姑且称之为“心声”。每首读起来，能够顺嘴儿，不至拗口，有点韵味，斗胆谓之“韵语”，由此组成“心声韵语”，是为书名。

我写的这些东西，比较拉杂，从内容上来看，家事国事、凡人名人、文艺体育、风土人情等等都有涉猎，我就是有感一吐为快得其乐；陈情助推正向得其要；跋涉广阔天地得其趣。从形式上看，我把它大体分为三类，一部分类似旧体。自知按诗词格律要求，有些地方是不合格的，至多是仿照。想起启功老先生说过，他有“放胆打破韵书约束”的情况。我就以好读、好记、好懂、好用为出发点，信马由缰但很用心地写了不少。另有少部分试着填词。所以说“试”，完全是实事求是的。因没有把握，甚至于可能不伦不类，既然是“试”，也就请高抬贵手了。还有部分学写的新诗。毛主席早就说过，“诗当然应以新诗为主体”，所以学写新诗，也就是题中应有之义，顺理成章之事。无奈底子比较薄，很难写出像样的东西，但我抱定学习的态度，力求有所长进。如前所述，我在三类文中分别冠以仿、试、学，让我心里踏实了很多，若再可减少读者的腻烦，此则一举两得，岂不美哉！

承蒙中国文史出版社厚爱及对老年人的宽容，悉心指导我这本书问世，在这里一并表示诚挚的谢意！

2018 年 8 月于北京

目录 CONTENTS

学海无涯

一九九四年一月

真理须铭记，
主义不可易。
工欲善其事，
必先利其器。
学习懂理论，
创新务实际。
市场经济新，
仍需更努力。

晨练即思

一九九四年一月

烟云吞峰峦，
水雾吐沟壑。
杖行羊肠路，
倚立绿荫坡。
尽奏艺术曲，
高唱生活歌。
大千世界美，
岁月几蹉跎。

送子返校

一九九四年二月

古城学业紧，
艰苦备尝多。
身体锻炼好，
本钱必定夺。
思想终坚定，
品行细雕琢。
学习立为本，
思考勤切磋。
生活不攀比，
节俭是美德。
此行瞻前景，
光明连曲折。
可怜父母心，
絮语再嘱托。

雪　颂

一九九四年二月

迎春飞雪飘京城，
黑白相间虎头峰。
领袖吟雪抒壮志，
元帅以雪赞青松。
白雪皑皑显纯洁，
瑞雪纷纷兆丰登。
我最爱雪喜淡雅，
情暖雪融我心中。

除夕有感

一九九四年二月

告别爆竹度良宵，
溯源自宋第一遭。
无益民俗成往事，
佳节新风看今朝。

九百多年前，北宋王朝宰相王安石曾作诗记录了当时的习俗。“爆竹声中一岁除，春风送暖入屠苏，千门万户曈曈日，总把新桃换旧符。”由此烟火爆竹便与除夕辞旧迎新结下不解之缘。

山西祁县民俗博物馆

一九九四年三月

民俗风情有奇葩，
巧列名门乔在家。
俗例并非不可越，
祛除杂草即香花。

重游晋祠

一九九四年三月

今游晋祠忆当年，
南线战事弓在弦。
胜利之师犹在耳，
扬我国威留心间。
古祠风貌古为美，
新春万物新为先。
惊天动地十五载，
周柏唐槐绽笑颜。[1]

①周柏唐槐是晋祠的两棵古老苍劲的大树。

冬日拾趣

一九九五年一月

嬉戏麻雀声啾啾，
荡起柳条颤悠悠。
俯身拾起一石子，
举手投出向枝头。

漫话默默无闻

二〇〇一年一月

默默无闻地工作，
默默无闻地生活。
默默无闻地做人，
默默无闻地养德。
默默无闻地上岗，
默默无闻地下课。
默默无闻终相伴，
默默无闻最快乐。

壬午年春节与老伴漫步

二〇〇二年二月

手牵着手，心连着心。
我们是夕阳，我们近黄昏。
夕阳无限好，晚霞映山红。

手牵着手，心连着心。
我们是明月，我们近暮临。
明月如霜美，清光满地银。

手牵着手，心连着心。
我们是星辰，我们已更深。
繁星眨眼笑，良辰送情真。

临近退休者的立意

二OO二年三月

正位子，撤架子；
真干事，防碍事；
可建言，戒胡言；
思晚节，勿失节；
常练笔，莫辍笔；
要静心，不烦心；
宜健身，忌伤身；
重人格，轻规格。

英勇精神永相传

——参观爱国主义教育基地辽沈战役纪念馆

二〇〇二年七月

五十二天弹指间，
运筹帷幄战敌顽。
三山阻击犹壁垒，①
锦州攻克树雄关。
围歼辽西握胜券，
占领沈阳喜空前。
全国解放从兹始，
英勇精神永相传。

①三山阻击指辽沈战役塔山、黑山、大虎山的阻击战。

妈祖颂

二OO二年八月

昔日舍身救乡邻，
今朝泣泪润金门，
默年功德系两岸，
湄洲美岛寓情深。

据传妈祖名为林默年。

福建仙游九鲤湖

二〇〇二年九月

读罢李白诗，
犹觉意未尽。
飞流对珠帘，
心身入仙境。

游苏州虎丘公园

二〇〇二年九月

斜塔俯视剑池边，
巨石静卧虎丘山。
细雨霏霏相携扶，
微风习习笑读间。

再访朱家角

二OO二年九月

青藤古树戏鸦，
小桥流水人家，
老镇新风快马，
朝阳东升，
牵肠人忘天涯。

品尝苦果知滋味

——第14届亚洲运动会中国女子乒乓球队惜败获亚军

二OO二年十月

乒乓疆场任我赢，
只缘心稳技术精。
三从一大好传统，[①]
与时俱进须继承。
釜山遭败析必然，
耕耘几分收几成。
品尝苦果知滋味，
雏鹰翅硬可凌空。

---

①三从一大指我国竞技体育从严、从难、从实战出发，大运动量训练的原则。

金牌的心愿

二〇〇二年十月

金牌，
光彩熠熠，
照在国旗上，
亮在国歌里。
金牌，
泪珠晶莹，
融在掌声中，
滴在鲜花丛。
金牌，
无上光荣，
足迹留在釜山，
再登雅典北京。

痛悼老友

二OO二年十月

噩耗惊传泪雨飞，
知己相交不忌微。
浓情似火皆称颂，
淡泊如水众口碑。
为人耿直骄寒松，
谋事秉公傲雪梅。
虽死犹生上九霄，
魂牵梦绕盼再归。

英烈颂

二〇〇二年十月

参观革命遗址渣滓洞和白公馆，看到小学生们认真聆听讲解，有的还记录着烈士们的豪言壮语，革命后继有人，令我辈不可稍有懈怠。

昔读红岩气如虹，[①]
今观洞馆震魂灵。
江姐英名芳千古，
振林音容必永生。
福祉莫忘忠烈志，
守业尤须铁骨铮。
盛世美景慰先驱，
笑看传承万人行。

---

①红岩系罗广斌、杨益言所著长篇小说《红岩》。

满 江 红

庆祝中国共产党第十六次全国代表大会胜利召开

二〇〇二年十一月

波澜壮阔，
喜良辰美景空前，
满世界，[1]
莺歌燕舞，
国泰民安。
同心实干弘壮志，
稳定改革大发展。
任国际风云多变幻，
我岿然。

①满世界：方言，“到处”之意。

漫漫路，
不畏难，
雄关险，
敢登攀，
已鼓起风帆，
奋勇争先。
执政为民情似海，
立党为公重如山，
有三个代表指航向，[1]
永向前。

---

①三个代表即中国共产党始终是中国先进社会生产力的发展要求，中国先进文化的前进方向，中国最广大人民的根本利益的忠实代表。

忠魂颂

二OO二年十一月

英名芳百世，
忠魂励千秋。
道义铁肩担，
文章妙手著。
创始党建功，
指引真理路。
前仆众后继，
江山稳且固。

践行两个务必

二〇〇二年十二月

昔日曾访西柏坡，
今朝再唱赶考歌。
扫除骄娇须清醒，
劝勉务必开先河。
中心帅位岂容撼，
要务先锋不可夺。
全面小康我辈担，
实干兴邦记心窝。

两个务必指毛泽东《在中国共产党第七届中央委员会第二次全体会议上的报告》中提出的"务必使同志们继续地保持谦虚、谨慎、不骄、不躁的作风，务必使同志们继续地保持艰苦奋斗的作风。"

延安精神颂

二〇〇三年三月

少时向往延安城，
花甲幸游圣地中。
凤凰山望杨家岭，
枣园地接王家坪。
新论字字是珠玑，
旧居幢幢与民同。
解甲临期自扬鞭，
暮年壮心再长征。

为退休老领导献词

二OO三年三月

倏忽即十载，
艰难却从容。
矢志干事业，
浩气贯长虹。
热心扶正气，
冷面斥歪风。
同志加兄长，
风范必永存。

百色遐想

二OO三年四月

百色，百里绿色长廊。
百色，百态千姿风光。
百色，百岁红军见证。[1]
百色，百姓不息自强。
百色，百炼成钢品质。
百色，百读不厌华章。

①百岁红军即吴西同志，生于1900年，百色地区人。

沁园春

赞抗击“非典”斗争

二OO三年五月

非典突现，
意欲横行，
试图大乱。
然举国上下，
众志成城；
斩首元凶，
切断祸源。
依靠科学，
不容人患，
誓与瘟神重开战。
争朝夕，

“非典”又称“沙斯”，即非典型肺炎，为国内术语，世界卫生组织（WHO）称其为“重症急性呼吸系统综合征”，简称SARS。

万众一心干，
红旗招展。

壮烈不见硝烟，
容中华儿女得锤炼。
看白衣天使，
冲锋陷阵；
惊涛骇浪，
风采再现。
不惊处变，[1]
运筹帷幄，
何须忆公瑾当年。
瘟神歼，
待回首往事，
不胜惊叹！

①不惊处变，即处变不惊之意。

笑看囡囡忘花甲

二OO三年五月

小孙女周岁，非常活泼可爱。每与老伴聊天，便不知不觉地以小孙女的逸闻趣事当作话题，其乐融融，情不自禁，吟诗以记之。

（一）

褶皱干唇吻小颊，
眯眼侧耳辨咿呀。
躬身弯臂扶学步，
囡囡嬉戏我华发。

（二）

爷爷奶奶好，
堂前绕膝跑。
诵读幼儿诗，
我忘岁多少。

（三）

我闻水仙香，
她要小猴忙。
老少相应和，
不知鬓已霜。

包 袱

二〇〇三年五月

（一）

包袱，

打开它，

看到：

焦虑

面子

浮躁

计较

五光十色，

任你捡挑。

（二）

包袱，

背起它，

得到：

压抑

排异
虚荣
轻狂
疑忌
受尽煎熬，
搅乱心绪。

（三）
包袱，
抛弃它，
学到：
自信
谦恭
求真
踏实
知己
轻装前进，
开足马力。

两种态度

二OO三年六月

（一）

有的人，
总是抱怨，
——什么生不逢时，
什么错失机缘。

有的人，
从不抱怨，
——坎坷曲折，
搁置一边。

抱怨者，
止步不前；
不抱怨者，
斩将过关。

（二）

有的人，
总是表白，
——什么降龙伏虎，
什么大略雄才。[1]

有的人，
从不表白，
——自强不息，
奔向未来。

表白者，
被顷刻忘记；
不表白者，
却铭记心怀。

①大略雄才，即雄才大略之意。

忆黄龙

二〇〇三年六月

岷江怒涛，
在这里
是涓涓细流。

地球的红飘带，
在这里
是一缕白烟。

亘古至今的盆地，
在这里
是山峦突兀。

在这里
白云镶嵌在蓝天。
在这里

碧水彩绘在大地。
仰望蓝天下的纪念碑，
心潮激荡。
俯视大地上的五色水，
漫步徜徉。
在这里
一切都在变样。
在这里
一切都令人向往。

纪念中国共产党建党八十二周年

二〇〇三年七月

勇夺权，
善执政，
真为公，
情为民。
忆往昔，
像大海
托起巨浪！
像高山
矗柱苍穹！
像大地
育养禾苗！
像劲风
吹散阴云。

看今朝，
海纳百川
更阔！
山势峭拔
更坚！
地沃土肥
更壮！
风伴春回
更清。

游月牙泉

二OO三年八月

芦苇丛丛绽白花，
月牙清清偎细砂。
五色声声迎驼影，
沙峰座座抱晚霞。

赴白银途经宁夏中卫县沙坡头

二OO三年八月

横贯大漠壮神威，
纵奔西夏富中卫。
两臂拥住沙坡头，
美景正是好点缀。

中卫县，即今中卫市。

游莫高窟

二〇〇三年八月

洞窟莫高却飞天，
琵琶反弹亦新鲜。
丝路花雨从此得，
艺苑奇葩须承传。

留话井冈山

二OO三年九月

曾经
一览众山小之高；
曾经
赖以拄其间之壮；
曾经
难于上青天之险；
不及她，
井冈山。
她有
朱老总挑粮的扁担。
她有
毛委员的星火燎原。
她有
翠竹杜鹃。
她有

众志成城的精神。
她有
岿然不动的信念。
她才是
天下第一山！

赞航天英雄杨利伟

二OO三年十一月

神舟五号太空游，
圆梦飞天写春秋。
胜亦不骄气昂昂，
宠岂能惊雄赳赳。
报国精忠待若母，
为民躬耕自为牛。
一代利伟是砥柱，
只缘时代正中流。

北京小汤山科技农业园区

二〇〇三年十二月

屋外寒气闹，
棚内暖流笑，
冬日不让春，
尤显蝶兰俏。

三清山中胜景南清园小记

二〇〇四年一月

雨雾迷蒙莽苍苍，
风云幻变晴朗朗。[①]
巨蟒冲天惊天下，
杜鹃含羞仍大方。
黄山呼唤同秀美，
武夷相约共欣赏。
满目青山情意浓，
保护自然大文章。

①风云幻变，即风云变幻之意。

六十述怀

二OO四年一月

时值跨进花甲年，
日渐读懂甲申篇。
往事一去不复返，
学知践行最为先。
骄傲落后是警句，
虚心进步亦箴言。
人生易老争朝夕，
尔今伊始更新鲜。

参观古田会议旧址

二OO四年二月

三支义军历坎坷，
一纸决议现转折。
当年背诵乏实践，
今夕重温开茅塞。
七十五年图美好，
一脉相承出此辙。
持正纠错终须记，
古田光芒永照射。

瑞金中华苏维埃共和国旧址

二〇〇三年九月

影随日移不离根，
身与地转绕轴心。
红色政权从此始，
吃水不忘挖井人。[1]

①毛主席带领红军战士挖的水井，其水仍清澈甘洌，饮之清凉可口，井边即是“吃水不忘挖井人”的石碑，忆起幼时学此课文，尤为动情，故记之。

杭州一念

二〇〇四年四月

寻梦至天堂，
不及我来杭。
人在画中游，
独恋在河坊。[1]

①河坊指杭州市河坊街。

凤凰城颂

二〇〇四年四月

深山藏文武，
清溪育仕宦。
街楼依古朴，
凤凰天地宽。

游梵净山

二OO四年四月

柱石突兀托寺台，
岩菇傲立沐烟霭。
梯级八千绕林上，
曲径九转见天外。
梵刹难攀终登顶，
净气易吸无尘埃。
林深路隘归自然，
回念神伤何时来。

河南西峡县蝙蝠洞

二〇〇四年六月

谁说昼伏夜出奇，
自古头垂脚挂息。
世有千姿百态美，
莫让一得一失迷。

任长霞颂

二OO四年六月

2004年4月14日，河南登封县公安局局长任长霞同志不幸因车祸遇难。登封百姓自发为其送葬，采访记者不能自已，热泪潸然。事迹感人至深。

任重不畏艰，
长剑刺凶顽。
霞光耀寰宇，
英气贯公安。
名高胜寒骨，
万事民为先。
古朴且归真，
存念在心间。

猜料辨

二OO四年六月

活塞湖人冠军争，
世人猜料议纷呈。
多以湖人巨无霸，
岂料活塞宝座登。
禅师天王过知败，①
布朗天尊功告成。②
凡事可测也有枉，
勿为对错赌输赢。

①湖人队主教练菲尔·杰克逊，手戴9枚NBA总冠军戒指，人称禅师，该队科比、奥尼尔、马龙、佩顿人称“四大天王”。

②布朗是活塞队主教练，华莱士人称怒吼天尊。

纪念八一

二〇〇四年八月

军旅生涯廿五年，
情深恩重胜于天。
俯首为牛不移志，
傲视芦竹肯钻研。[①]
虎豹熊罴敢生擒，
揽月捉鳖视等闲。
我是兵卒终不改，
歌声嘹亮唱向前。[②]

---

①芦竹是指毛泽东在《改造我们的学习》中批评主观主义态度时为其画像的一幅对子：“墙上芦苇，头重脚轻根底浅；山间竹笋，嘴尖皮厚腹中空。”

②这里“向前”乃一语双关。一为中国象棋中兵卒只需向前，不须后退；二为解放军进行曲。

纳木错、巴松措
两湖清澈的水

二OO四年八月

白云呵，
你那样自由地
在蓝天下涌动。
我敬仰你，
以摄像头，
把你每一个动作
清晰地摄入。

哈达呵，
你那样潇洒地
在客人胸前飘动。
我敬仰你，
以一面镜子，
把你每一个舞姿
清晰地检录。

雪山呵，
你那样温静地
在阳光下蠕动。
我敬仰你，
以水晶石，
把你每一个靓影
清晰地亲吻。

同胞呵，
你那颗心炽烈地
在民族魂中跳动。
我敬仰你，
以冰清之躯，
把你每一个闪念
清晰地留住。

草原行

二〇〇四年八月

（一）

沙尘暴
我俘获了你。
荒漠化
我降服了你。
乳牛啊
我喂养了你。
这就是我的功绩。

（二）

仰望着
鸟儿嬉戏飞翔。
俯视着
花儿演示新装。
倾听着

歌儿悠扬四方。
这就是我的优长。

（三）
动干戈，
射落大雕震中外。
为玉帛，
迎来昭君誉古今。
看今朝，
草原儿女更英雄。
这就是
我的灵性。

永不放弃

——中国女排在希腊雅典第28届奥运会勇夺冠军

二OO四年八月

昨日
大翻盘
俄罗斯姑娘真是惬意。
今日
大翻盘
中国姑娘已是如意。
惬意者，
回天无力。
如意者，
竭尽全力。
中国姑娘，
拼搏激情四溢。
自信深厚功底，
二十年后重新崛起。

要问成功之谜，
为五星红旗，
永不放弃。

西 江 月

赞第 28 届奥运会金牌得主

二 OO 四年九月

远离杂念丛生，
只留平常之心。
运动场上争高低，
我当全力比拼。

奋斗终有回报，
冠军梦想成真。
万里长征迈一步，
从此不再名人。

父亲的眼睛

二OO四年九月

（一）

顶稍谢，
背微驼，
额头布满皱纹，
眼睛充满执着。
父亲
在盯着我。

（二）

幼年时，
不听说，
玩具只要小熊。
吃饭偏要肉馍。
父亲
在瞪着我。

（三）

上学后，
思取舍，
衣食不要无度，
住行莫要侈奢。[1]
父亲
在瞄着我。

（四）

现如今，
已工作，
顶天先要立地，
立志更要践诺。
父亲
在盼着我。

①侈奢，即奢侈之意。

拜谒孙中山故居

二OO四年九月

伟人中山故里行，
喜读仍须努力经。[1]
推翻帝制垂青史，
天下为公座右铭。
堂前伏树叶正茂，[2]
馆中旧照史更清。
遥想碑前人民颂，[3]
缘由盛世享太平。

①“革命尚未成功，同志仍须努力”是孙中山著名警句。

②伏树是指孙中山故居屋前亲手栽植的一株树，幼时风吹倒伏，但至今枝叶繁茂，此处意指革命虽历经坎坷，但仍旧是前途光明。

③碑前指每年国庆节孙中山画像均立于天安门广场人民英雄纪念碑前，这自然是人民纪念孙中山的一种最具影响力的方式。

敬录游子之音

二OO四年十月

慈母唇已无相依，
游子揪心恐患疾。
家常每日越洋唠，
跪拜逢年看仔细。
夏到捎去胶鲨精，
冬来寄走澳毛衣。
梦中依偎母怀抱，
醒时掩泣算归期。

观石遐想

二〇〇四年十月

十二门徒三女峰，
一处海岸一山中。
临岛急盼观此景，
却是闻名不著名。

企鹅归巢

二〇〇四年十月

晨起披霞去，
日落击浪归。
茅草掩陋室，
温馨也生辉。

公仆牛玉儒

二〇〇四年十二月

尽瘁桑梓牛玉儒，
百姓心中好公仆。
青城新貌听莺歌，
鹿城人居看燕舞。
重病不移高远志，
亲情岂撼清风骨。
千锤百炼真金烁，
只缘生为民造福。

临江仙

悼印度洋海啸遇难者

二OO五年一月

滔天浊浪惊百年，
祸从天降人间。
摧屋折树船也掀。
人为鱼鳖，
顷刻三十万。

举世同悲悼亡灵，
普天爱心共献。
中华儿女赴时艰，
深情厚谊史无前。

保持共产党员先进性

二〇〇五年二月

牢记使命

（一）

民族独立高于天，人民解放史无前，
共产党员须努力，壮志报国挑重担。

（二）

创业坎坷不畏艰，建设祖国肯登攀，
共产党员须努力，屹立东方不歇肩。

（三）

中国特色最新鲜，初级阶段纵横谈，
共产党员须努力，强国富民开新篇。

（四）

小康社会求全面，事业有成谨记干，
共产党员须努力，开拓创新乃箴言。

保持先进

（一）

理想永追求，信念岂可丢，
若松挺且直，坚定不逐流。

（二）

学习伴终生，理论要践行，
知行相统一，眼亮心更明。

（三）

宗旨记心间，责任重于山。
人民是父母，生根在良田。

（四）

工作精于勤，钻研动脑筋，
爱岗须敬业，知识要更新。

（五）

纪律崇尚严，规矩成方圆，
律己当自觉，执纪胜青天。

（六）

“务必”扬正气，横扫骄娇弊，
廉洁生威严，糖弹有何惧。

即时感怀

二OO五年二月

年届六旬即退休，
思绪万千念根由。
立身无悔无愧对，
谋事有成有追求。
夕阳当红自奋蹄，
朝霞出彩力挽留。
若问老夫欲何为，
莞尔笑答孺子牛。

史为鉴

——为纪念抗日战争胜利六十周年而作

二OO五年三月

抗战胜利六十年，
以史为鉴想联翩。
铁蹄践踏恶贯满，
三光蹂躏罪滔天。[1]
挥戈驱寇雪耻辱，
持帛睦邻面向前。
不忘过去屹然立，
和平发展最当先。

[1] 三光指日本侵华时期对我国人民群众实行的“烧光、杀光、抢光”的残暴的三光政策。

壮士颂

二OO五年三月

狼牙山崖舞忠魂，
壮士雄风震乾坤。
大义凛然洒热血，
激战犹酣退敌群。
日寇嚣张不得逞，
我军辗转始保存。
英雄芳名垂千古，
而今后辈喜重温。

昆明九乡之行

二〇〇五年四月

绿水穿峡现惊魂，
洞似穹庐四时春。
飞瀑流泉相唱和，
天生梯田真绝伦。

贵州兴义万峰林

二OO五年四月

万峰傲石林，
因绿自标新。
出行踏阡陌，
临风鼓瑟琴。
绵延轻起舞，
玉立胜千金。①
自然愈丽质，
娇娆为富民。

---

①玉立是取亭亭玉立之意。

参观红旗渠有感

二OO五年五月

千军万马势恢宏，
清渠似练舞盘龙。
劈山凿洞展雄姿，
发誓引水显精忠。
润泽薄地生沃土，
福祉百姓立大功。
愚公智取虎添翼，
千难万险履地平。

中国电视剧“飞天奖”颁奖晚会所思

二〇〇五年八月

七十八岁始飞天，[1]
仙在其中是名山。
形象皆因合角色，
神似缘由纯自然。
艺术追求永不懈，
事业成功有机缘。
众星捧月知可贵，
上帝终究是鲁圆。[2]

---

①飞天即我国电视剧飞天奖。

②鲁圆是此次优秀女演员奖的唯一获得者，现年78岁。

悼念人民英雄

二〇〇五年九月

人民是父母，
英雄乃僮仆。
永垂铸丰碑，
不朽传千古。

平常说

二OO五年九月

生长寻常家，
应有平常心。
多做平常事，
永做平常人。

感遇小学同学

二○○五年十月

少年相伴在学堂，
倏忽鬓发俱已苍。
从教从政终有异，
风骨峥嵘同自强。

贺神舟六号载人飞行成功

二OO五年十月

梦想奔月传嫦娥，
神舟六号细解说。
众志成城攻难关，
起舞着地才洒脱。
吴刚问起嫦娥事，
费聂应对最利落。[1]
功夫七载初练成，
巡天探月奈我何。

---

①费聂指我国航天员费俊龙、聂海胜。

学用结合妙

二〇〇五年十一月

我爱哲学喜琢磨，
妙在学用相结合。
驱雾拨云天晴朗，
定向把关路广阔。
解闷消愁心境宽，
奇思妙想创意多。
世事变幻难预测，
唯有苦读勤切磋。

人生感悟一隅

二OO五年十二月

美好辛酸常伴行，
欢乐悲伤时共生。
力避辛酸想美好，
难得糊涂净魂灵。
记住欢乐忘悲伤，
宽容豁达诵真经。
敢问世事何谓难，
战胜曲折便光明。

卜算子

咏《俏夕阳》

二OO六年一月

舞影今宵俏，
夕阳分外红。
火树银花闹新春，
尽现众尊荣。

承传皮影戏，
光大老少情。
老枝新芽也鲜嫩，
慰藉我心灵。

观看“隆力奇”杯第12届CCTV青年歌手电视大奖赛

二〇〇六年五月

几番参赛步步高，
放眼峰顶大目标。
如今如愿惊回首，
愈战愈勇胆气豪。
演唱优势展雄风，
素质弱点抛九霄。
乡下小伙何以成，
自强不息领风骚。

老当益慎

二OO六年五月

自信耳顺正应时，
谁料智者也有失。
与贼共坐无猜忌，
钻圈进套浑不知。
察觉被偷时见晚，
江心补漏悔已迟。
刘翁笑告诸老者，
谁言此祸福不倚。

即 事

二〇〇六年六月

政府市场一统天，
国有民营两担肩。
尔时共谋促发展，
此行专事议能源。
电力悉数水核煤，
福祉当惠老少边。
只图鄂西人民富，
乐奏凯歌在孤山。①

①汉江孤山水电站项目研讨会于2006年6月3日在北京国宏大厦召开。

胜之要诀

二OO六年六月

守如磐石攻如潮，
柔有巧妙刚有招。
先失后得不乏例，
坚信必胜源技高。

天路之歌

——祝青藏铁路建成全线通车

二OO六年七月

五年奋战撼地天，
十万大军笑开颜。
敢问极限今何在，
唯有一流我登攀。
穿越动土超千里，
跃过海拔五千关。
湖光山色依旧美，
青藏发展再扬帆。

星

二OO六年八月

天上的星，
指引方向，
吸引精英。
地上的星，
凝聚力量，
激扬精神。
流星，
光极亮，
瞬间，
消失得无影无踪。
恒星，
光闪亮，
久仰，
一直放光明。
五星，

镶嵌在红旗里，
永远，
向世界展示雄风。

好人林秀贞

二〇〇六年九月

林秀贞是河北省衡水市枣强县的一名普通的农村妇女，其事迹各大媒体有报道，她以自己的实际行动谱写着劳动者之歌。

好人林秀贞，
生长在小村。
牢记是党员，
深藏仁爱心。
照顾孤寡老，
扶助残疾人。
资助求学者，
带动众脱贫。
若问何为此，
母训常重温。
多年如一日，
可敬倍可亲。

林秀贞说，从小母亲告诉她，“做人要做好人，好人要做好事，做好事要做到底”。从此，她便以此为座右铭，坚持做好事，不张扬。

京城北二环公园落成

二〇〇六年十月

乱极必治通古今，
何虑城中藏小村。
彩带轻舞换新貌，
从此诵经伴鼓音。

思　念

——中秋节写给奶奶的话

二〇〇六年十月

梦向祖母诉衷情，
可怜儿时苦伶仃。
哭闹从未有训斥，
忠厚温雅导此行。
饥寒于我无记忆，
挺立呵护育心灵。
恩重如山唯思念，
醒来无心赏月明。

铁　索

二OO六年十月

飞夺泸定，
誉古今，
凭铁索，
战胜敌顽。
火箭抛射，
惊中外，
凭铁索，
征服自然。
亲眼所见，
铁索，
跨越江河，
走向老少边。

据报载，我国架桥采用火箭抛射铁索获得成功，属世界首例。

亲身体验，
铁索，
攀附峭壁，
扎根在民间。

西江月

街头阅报

二OO六年十二月

小驻阅报橱窗，
尽收醒目标题。
大事小事皆成趣，
心胸顿连广宇。

细读当日要闻，
品味匹夫有责。
所为自当得其乐，
老朽何来寂寞。

植树节

二OO七年三月

绿正醒，
芽在发，
试问何处去安家？
踏山峦，
迎风沙，
秃岭荒漠把根扎。
须经年，
我长大，
青山绿野甲天下。

桃花节

二〇〇七年三月

春风得意上枝头，
蜂蝶起舞戏彩绸。
莫恋娇艳惹人醉，
待到秋来采摘游。

南袁北李颂

二OO七年三月

水稻育种专家“杂交水稻之父”袁隆平当年获“国家最高科学技术奖”。此后，小麦育种专家、遗传学专家李振声也获殊荣。对此人称“南袁北李”，其事迹催人泪下，故作此歌以为颂。

民以食为天，足食俱欢颜。
忆起旧社会，一把泪心酸。
糠菜不果腹，百姓尸骨寒。
感谢共产党，推翻三座山。
凡事民为本，人民高于天。
稻麦为首要，攻克粮食关。
袁李相呼应，育种变遗传。
稳定又高产，连续丰收年。
人民十三亿，吃饭不再难。
福泽惠子孙，美名万代传。

请不要

二OO七年三月

请不要那样蛮横，
想骂人就骂人，
想折腾就折腾，
为人处世，
要善良真诚。

请不要那样放纵，
作假广告不知耻，
说脏粗话以为荣，
为人处世，
要本分消停。

请不要那样孤行，
本是自己理屈，

却寻借口滋事情，
为人处世，
要共济和衷。

请不要那样迷蒙，
成也聪明，
败也聪明，
为人处世，
要一本正经。

忆秦娥
第 29 届世乒赛男女单打冠军均是逆转获胜

二〇〇七年三月

论英雄，
赛场竞技最无情。
最无情，
输认失败，
赢才成功。

注重细节须钻研，
功夫不负有心人。
有心人，
辩证思考，
讲究认真。

十六字令·赢（三首）

二OO七年六月

其一

赢，
欢声雷动如潮涌，
最悦耳，
雄壮国歌声。

其二

赢，
炼丹炉火须纯青，
若真金，
国旗冉冉升。

其三

赢，
雄关漫道只为零。
从头越，
又是新征程。

明天更好

——祝香港回归祖国十周年

二OO七年七月

十年一瞬间，
世人话变迁。
一国设两制，
港胞俱喜欢。
香江水仍清，
紫荆花也鲜。
今朝美歌罢，
更好在明天。

偶感答青年

二OO七年七月

仗剑请缨豪气显，
开卷奋笔儒态生。
文武不济何成器，
知行相悖自落空。
人生漫漫立壮志，
大道迢迢追光明。
我当因之敢跃起，
所向斩棘与披荆。

病中吟

二OO七年七月

箭头上下渐增多，
笑问病魔奈我何。
生老病死本自然，
独品美妙伐沉疴。

秋

二〇〇七年十月

秋天的风，吹黄了树叶，
吹熟了果实，吹来了丰收的喜讯。

秋天的雨，浇湿了土地，
浇灌了麦苗，浇出了清新的空气。

秋天的云，装饰了蓝天，
装潢了画卷，装点了多彩的生活。

秋天的霜，染白了原野，
染红了枫叶，染美了心灵的向往。

心之歌

二OO七年十月

回看过去，
充满坎坷，
我能走过来，
是因为，
我的坚持沉默。
正视现在，
充满快乐，
我能走稳当，
是因为，
我的随意平和。
展望未来，
光明曲折，
我能走下去，
是因为，
我的简单超脱。

满 江 红

庆祝中国共产党第十七次全国代表大会胜利召开

二OO七年十月

社会主义，
使具有中国特色。
重实践，
不懈追求，
不懈探索。
红旗猎猎映日月，
号角声声震山河。
看一脉相承同根系，
本姓社。

大旗帜，
高举起，

奔小康，
争朝夕，
远征难何惧，
矢志不移，
科学发展辟新路，
和谐建设聚众力，
倾全心为百姓造福，
多壮丽。

祝嫦娥一号探月成功

二OO七年十月

嫦娥起舞游太空，
昼思夜想回月中。
久别明月渐失忆，
姑且绕月识峥嵘。
轻尘深坑览无余，
生物细水却朦胧。
今日归去尚不宜，
与月相约常走动。

清 平 乐

喜看“隆力奇”杯第13届青年歌手电视大奖赛

二OO八年三月

有志青年，
行行出状元。
第十三届赛正酣，
歌声催我无眠。

春意勃发新生，
姹紫嫣红纷呈，
伯乐既不常有，
大器莫待晚成。

华南虎照风波印象

二〇〇八年六月

去伪存真破谎言，
华南虎照乃诈骗。
以画充虎欲蒙混，
雕虫小技早戳穿。
奈何力挺有名家，
更因宣誓是官员。
熙熙攘攘八月余，
劳民伤财太可怜。

2008年6月29日，陕西省政府新闻办举行新闻发布会，宣布华南虎照为纸老虎。

奥运迎歌

二OO八年八月

奥运临北京，
举国共欢腾。
白发飘湖畔，
红衫戏风筝。
挥毫歌特色，
泼墨颂水平。
暮年心犹壮，
勠力铸真情。

北京第 29 届奥运会开幕式

二〇〇八年八月

五环越百年，
今宵最鲜艳。
烟花繁似锦，
画卷美空前。
轻歌我和你，
曼舞人合天。
飞檐点火炬，
梦想终成全。

奋勇争第一

——祝贺北京第29届奥运会上中国体育健儿金牌获得者

二〇〇八年八月

争名未必不道德，
图强何须任棒喝。
源自实力志必得，
胸前金牌便楷模。

汶川抗震救灾组诗

二OO八年八月

惊闻地震

地动山摇一瞬间，
房倒屋塌毁家园。
唐山遭难犹余悸，
汶川此劫坐针毡。
抗震救灾心相印，
亲民爱民血脉连。
重整山河今即始，
美好日子待明天。

果断决策

地震突发史空前，
临危无畏真非凡。
热泪难抑向百姓，

雄才骤现最前沿。
下令救人争分秒，
调集八方急驰援。
大难当头尤镇定，
只为人民除灾患。

沉痛哀悼

肃立默哀举国恸，
天灾无情人有情。
同胞八万垂千古，
半旗三日记一生。
笛声齐鸣撕心肺，
泪水共涌捶足胸。
挺住悲痛化力量，
定以决胜祭亡灵。

进军灾区

雄师十万赴蜀中，

难于上天岂耸听。
将军身先强突进，
士兵奋勇探灾情。
扒墟救人战地裂，
开路拯民斗山崩。
里氏八级何足惧，
无愧人民子弟兵。

攻克险情

滑坡山体逞凶顽，
欲以悬湖滥漫淹。
中央决策除僻险，
人民生命高于天。
精英专家巧设计，
神兵天将勇攻关。
开槽引流防溃决，
坝立水泄还平安。

八方支援

一方有难八方援，
全国之力一线穿。
防疫疗伤白衣使，
排险救生橘黄衫。
捐赠源源爱心献，
板房幢幢温暖添。
社会主义制度好，
共克时艰迎凯旋。

重建家园

艰难生自立，
苦干创奇迹。
奋发且有为，
斗天又斗地。
自强不气馁，
力量齐聚集。
更新覆万象，
生活增魅力。

赏月浮想

二OO八年九月

风高秋月分外明，
海峡难隔赏月情。
一国寻根属炎黄，
两党议事在双赢。
投资商贸正放眼，
旅游观光亦兴浓。
月有圆缺思切切，
人若团聚乐融融。

浣溪沙

赋国庆联谊会

二〇〇八年九月

人民福祉高于天，
赖以科学发展观。
实惠百姓卓不凡。[1]

医养学乐老所有，
翱翔徜徉任其间。
和谐情谊更自然。

---

①卓不凡，即卓而不凡之意。

神七问天一记

二〇〇八年十月

茫茫太空多寂寞，
欲请人类共生活。
神七载人赴约会，
英雄出舱试融合。
太空欣喜生留意，
神七坦荡掏心窝。
幸会难舍暂离去，
指日安家永合作。

养生说

二OO八年十二月

动静相辅莫偏废，
饮食适宜需联袂。
起居规律持以恒，[1]
心平气和最珍贵。
人生健康当追求，
于己受益不遭罪。
家庭负担尽减轻，
留有余热利社会。

①持以恒，即持之以恒之意。

庆祝元旦

二OO九年一月

辞旧迎新又一年，
回首往事不平凡。
冰雪肆虐使消融，
震魔横行施聚歼。
奥运圆梦扬世界，
神七问天惊宇寰。
改革开放再展翅，
试问何处是难关。

戊子年除夕

二OO九年一月

烟花百态舞星空，
爆竹交响和钟声。
迎来牛气冲霄汉，
得意忘却吾已翁。

应对金融危机

——G20集团伦敦峰会

二OO九年四月

金融危机搅全球，
惹得诸国添烦忧。
伦敦峰会寻应对，
中国主张耐讲究。
刺激经济从国情，
金融监管莫弃丢。
一币独大终须改，
临危不惧才风流。

复同事短信

二OO九年一月

老弟尊姓牛，
甘为孺子牛。
牛年担重任，
恭祝弟更牛。

清 明

二OO九年四月

踏青祭扫俱清明，
欢乐悲伤各有情。
春光热闹勿忘返，
田地悄语待种耕。
哀思深切念恩惠，
祖业夙愿盼振兴。
纸灰飞花相伴舞，
耀我中华是魂灵。

忆重阳节返西山八大处观赏红叶

二〇〇九年五月

翠青渐黄终变红，
游人着迷醉意生。
常言绿叶配红花，
莫忘枫叶却峥嵘。

无 题

二OO九年五月

健在尚言轻，
后事不叮咛。
诸事任众儿，
认定晚辈行。

清平乐
参观张飙同志书法展

二〇〇九年七月

饮茶四海，
君飞扬神采。
一路高歌数十载，
独有乡音未改。

赞颂院士挥毫，
创意诗词高超。
艺术科技一体，
新奇且看明朝。

赠广州市建联诸领导

二OO九年七月

羊城初识即至交，
共话解甲乐陶陶。
老朽自愿从头干，
重试身手学新招。

游齐齐哈尔扎龙湿地

二〇〇九年八月

丹顶点染苇生辉，
水泡滋养鱼儿肥。
久闻鹤城多美景，
唯见扎龙醉忘归。

家乡今胜昔

二OO九年八月

45年前，我从冀北的一个村子进入城市。但解放初期的儿时记忆，总是挥之不去，甚至是异常留恋。适逢新中国成立60周年，感情所致，提笔写下。

其一

三十亩地一头牛，孩子老婆热炕头。
如今进城打工去，富足又上一层楼。

其二

牛奶面包令垂涎，笑问何年盘中餐。
如今岂止成便饭，饮食营养要天然。

其三

蓝绿两色制服装，男女老少不差样。
如今穿着讲品牌，俊男靓女更时尚。

其四

经年积攒为建房，三代同屋也平常。
如今小楼寻常见，农家小院好风光。

其五

车子手表缝纫机，齐全方可谈婚期。
如今电脑小汽车，无人再翻老皇历。

其六

进城依然恋家乡，喜听乡亲诉衷肠。
免税直补又医保，社会主义降吉祥。

登黄山

二OO九年九月

天造险峰堪称奇，
临境一览骤释疑。
苍松劲草作装点，
飞瀑流泉给梳理。
云抚雾吻增姿色，
径曲风清添惬意。
我羡诸峰不孤傲，
名山共秀是真谛。

安徽宏村印象

二OO九年九月

美轮美奂不张扬，
古色古香蕴辉煌。
学子凝神挥画笔，
游人驻足细端详。
一泓清水一明月，
几多画栋几雕梁。
祠堂续谱传家世，
文化渊源正流长。

香山观红叶

二〇〇九年十月

将辞金秋更焕发，
红装艳抹招人夸。
寒霜恩赐俱变色，
尽显风流作报答。

印象·刘三姐

二OO九年十一月

山作背景水当台，
农民歌舞放异彩。
火把点亮爱燃起，
小船轻摇情驶来。
晒网捕鱼以小憩，
挑担牵牛显悠哉。
村寨变迁惊天下，
三姐再歌抒心怀。

静思园小记

二OO九年十一月

石头幻化多故事，
精明悟空传今世。
忽见奇石眼缭乱，[1]
七十二变羞挂齿。

①眼缭乱，即眼花缭乱之意。

清平乐
武夷山九曲溪

二OO九年十二月

不负盛名，
八方客尽兴。
乘筏猜透两岸景，
诸友得意忘形。

清溪不逊奔流。
曲折胜过坦途。
遥想红旗如画。[1]
激扬我辈加油。

①毛泽东词作《如梦令·元旦》有句云，“山下山下，风展红旗如画。”

敬赠同事

二〇一〇年一月

尊老不忌势有无，
偏敬势薄力单孤。
冰清玉洁缘修养，
我辈惭愧唯叹服。

雪中吟

二〇一〇年一月

漫天飞雪染京城，
银装素裹百媚生。
梅花含笑彰亮节，
青松挺直扬高风。
小儿撒欢相追逐，
青年嬉戏互奋争。
橘衫劲舞挥锨帚，
胜似虎跃与龙腾。

痛悼我在海地地震遇难八名维和警察

二〇一〇年一月

本为海地得和平，
孰料震魔施横行。
英雄坐帐正运筹，
楼宇瞬间尽覆倾。
同胞祈祷念生还，
惊闻噩耗泪纵横。
事业未竟身先死，
浩气长存现魂灵。

藕的风格

二〇一〇年二月

藕断当丝连，
人际皆有缘。
藕助莲高洁，
人帮友解难。
相携防受染，
不睦释前嫌。
爱莲藕喜悦，
朋友共陶然。

信步玉渊潭

二〇一〇年二月

冰天雪地乐奇寒，
其境秀美玉渊潭。
镜头摄取任一角，
姿色迷人幻万般。
冬泳长啸有风味，
滑雪跌撞别洞天。
难忘樱花繁似锦，
又有冰雪开新篇。

观看 2010 年春节及元宵晚会魔术表演

二〇一〇年三月

魔术原来耍把戏，
骗过眼睛弄成谜。
奇妙构思费猜想，
灵巧破解斗技艺。
讨来开心添快乐，
赢得受众增人气。
观演彼此相融合，
勿忘愉悦是本意。

调笑令

初涉协会工作有感

二〇一〇年三月

难办，
难办，
总是任劳任怨。
洞晓世态万千，
立志愚公移山。
山移，
山移，
信心成就传奇。

游春

二〇一〇年四月

樱花含苞柳泛青，
春风附耳细叮咛。
莫急绽放露娇艳，
游人爱赏此风景。

山西王家岭矿难

二〇一〇年四月

透水无情巷道淹，
工人井下突命悬。
八个昼夜仍坚持，
三千亲人急救援。
一五三人遭危困，
一一五名获生还。
生命救援两奇迹，
难抵工友丧黄泉。

玉树情怀

二〇一〇年四月

2010 年 4 月 14 日青海省玉树藏族自治州玉树县[1]发生 7.1 级地震。面对灾难，玉树人民重新站立，重建家园。

涓涓细流汇成河，
滔滔大水如放歌。
三江源头美悠悠，
玉树同胞爱多多。
地震难撼众壮志，
废墟演绎新生活。
校园家园皆会有，
源自不挠抗百折。

---

①玉树县，指今玉树市。

败勿馁

二〇一〇年五月

中国女子乒乓球队参加莫斯科第五十届世界锦标赛，在与新加坡队进行决赛时败下阵来，其教训何在，可惜何由，值得深思。

人生能有几次搏，
拼搏何惧受挫折。
训练如临上战场，
比赛视若动干戈。
技有绝招自胆大，
心无杂念必平和。
今朝梦碎勿气馁，
从来好事须多磨。

痛悼同乡校友

二〇一〇年六月

小村当年闹沸扬，
盼子读书成栋梁。
一石谷物一只雀，
几番努力几空忙。
磨难多多以励志，
成器遥遥赖自强。
忽闻此翁突仙逝，
忆及同学黯神伤。

调笑养生

二〇一〇年六月

养生之道众纷纭，
可怜忽悠勾去魂。
萝卜茄子加绿豆，
说成奇效力千钧。
出书讲课满街巷，
似乎靠吃定乾坤。
不禁一捅纸即破，
劝君切莫自眩晕。

大理的云

二〇一〇年六月

聚散无定势，
浓淡变多端。
苍峰欲探秘，
隐现在其间。

幸会台湾客人

二〇一〇年七月

今闻客从对岸来，
老店接风巧安排。
互以属相论长幼，
共话风光乐开怀。

泪的学问

二〇一〇年七月

泪，有辛酸，也有喜欢；
泪，有时续，也有时断；
泪，有盈眶，也有满面；
泪，幻千般，终有本源。
泪，不相瞒，凡事有变。

吉林抗洪救灾礼赞

二〇一〇年八月

水祸肆虐逞凶顽，
狂泻漫卷史空前。
军拼民搏破浊浪，
党呼众应挽狂澜。
漂桶溜船尽俘获，
生命生活力保全。
洪魔涝鬼奈我何，
定叫灾区换新颜。

四好歌

——见学世博园

二〇一〇年八月

上海世博会好

会期半载不觉长，
诸馆俏丽耐欣赏。
异域风情争奇艳，
本土文化逗芬芳。
闪亮科技增姿色，
火爆人气歌引吭。
当让生活更美好，
发展城市为妙方。

上海建工集团好

上海世博大舞台，
引来英雄竞风采。
一路拼搏显身手，

两个八成创品牌。[①]
工期骤紧严管理，
质量求高练人才。
横刀立马领导在，
大功告成笑颜开。

支部组织活动好

极端天气令昏沉，
相扶互勉战高温。
洗耳恭听书记讲，
刮目相看海宝人。[②]
中国展馆觅低碳，
施工企业学精神。
浃背汗流洗污浊，
创办一流促同心。

①两个八成指上海建工集团参建世博园，完成了世博园建筑面积的78%，总产值的80%，该集团将其称之为两个80%。

②海宝为上海世博会吉祥物。

党员自觉带头好

时刻想到是党员，
与民共苦再同甘。
学习向上强党性，
干事踏实勇争先。
讲求团结心向善，
守住规矩成方圆。
走端行正以立身，
老马奋蹄自扬鞭。

同舟共唱同心曲

二〇一〇年八月

（一）

八七将迎虎年秋，
突遭山洪泥石流。
特大史上无记载，
暴行罄竹亦难书。
摧毁青山与绿水，
埋没田园并庄户。
掐断咽喉使瘫痪，
妄想强占永驻留。

（二）

反击号角震山川，
驱除灾魔总动员。
总理亲临第一线，
官兵鏖战最前沿。

救人寻遍每一角，
泄洪觅计破万难。
衣食住行初已保，
再造秀美令又颁。

寄语协会青年同志

二〇一〇年九月

秉笔直书露锋芒，
善对时政论短长。
但愿诸君从兹始，
立志未来成栋梁。

欣闻协会12名中青年都撰写文案，参加国家发展改革委组织的青年经济研讨会，并有两名青年同志的文稿获得入围，协会也因此获得优秀组织奖，遂成此文。

智利圣何赛铜矿难大救援

二〇一〇年十月

世间宝贵人第一，
矿工受困撼国际。
确认生死乞定夺，
希望一线不放弃。
六十九天大营救，
三十三人终化吉。
坍塌中深七百米，
方显众生共相惜。

初游平遥

二〇一〇年十月

会毕小憩赴平遥，
久仰急看兴致高。
登临城墙思防御，
饱览街巷悟富饶。
踏进票号赏晋商，
回首长衙弃官僚。
几度凝神几番忆，
逝者如斯看今朝。

看藤萝

二〇一〇年十二月

借助篱架始爬高，
左缠右绕欲妖娆。
怎奈其貌难惊人，
攀附无果自牢骚。

日本大地震

二〇一一年三月

海底强震八点八，
由此海啸而引发。
十米大浪滔天涌，
一座核电巨响炸。
狂卷沿岸摧万户，
火烧半城毁千家。
可怜百姓突遭难，
避灾减祸叹无涯。

此为震后即写，实际情况更为严重。如震级后定为九级，核电站损坏所造成的污染始料不及，人员伤亡大增等等。

我之所思

二〇一一年五月

2011年4月28日至4月30日，中国施工企业管理协会在西安召开第26次年会暨2011年中国施工装备展览洽商会，感慨良多，故以记之。

（一）

社团发展路几多，
遵从科学重探索。
听闻机械觅商机，
目睹施工求选择。
机械施工两情愿，
牵线搭桥一撮合。
此举成功只一步，
征途谨记干胜说。

（二）

立志成事有目标，
专心组织巧协调。
亲访厂商话共赢，
面请领导表诚邀。
指挥若定源自信，
应变自如因有招。
小有称赞愈清醒，
成由谦虚败由骄。

（三）

千人大会史空前，
同心协力才成全。
领导运筹定决胜，
员工执行勇承担。
各就各位细又细，
互补互励环扣环。
同行助阵友邻帮，
祝捷勿忘众良贤。

（四）

凡人常事做文章，
抱定服务亦闪光。
报到人潮应不暇，
精神抖擞士气昂。
组织活动偶嗔怪，
和颜悦色予海量。
一切为了协会好，
奋勇争当强中强。

喜读伍子杰同志《常乐颂——五一感言》步其原韵奉和

二〇一一年五月

只因我无用，
平添烦忧多。
读罢锁眉展，
奋斗逐逝波。

附：伍子杰同志《常乐颂——五一感言》

手脚皆有用，
人生欢乐多。
富贵如云展，
贫贱似涛波。

汶川大地震三周年

二〇一一年五月

（一）

汶川三年前，
家园毁瞬间。
房屋夷平地，
道路尽截瘫。
水浊现悬湖，
山劈断人烟。
闻听遭此劫，
八方齐支援。

（二）

放眼看今天，
家园换新颜。
路通宽又平，
房固美且廉。

绿水良田饮，
青山游人欢。
幸福花盛开，
芬芳沁心间。

由北京飞往南宁途中

二〇一一年五月

万顷棉桃间盛开，
忽有白絮又飞来。
一抹湛蓝银河现，
如此天堂谁剪裁。

上网偶感

二〇一一年六月

百花齐放微博里，
百家争鸣网络间。
宽松自由当尽兴，
切莫忘记德为先。

红色之光

二〇一一年七月

红色，感染在歌声里，红歌嘹亮。
红色，印染在旗帜上，红旗飘扬。
红色，熏染在游人中，红心向党。
红色，是革命的本色。
红色，是英雄的本色。
红色，洒满了故事，
红色，滋润了禾苗，
红色，消融了冰雪，
红色，荡涤了污浊，
红色，净化了灵魂。
我们共产党员
要让昨天的红色保持鲜红，
要让今天的红色更加火红，
要让明天的红色永远嫣红。
我们八千多万共产党员

手拉手，臂挽臂，心连心。
为了红色脚踏实地，
为了红色仰望星空。

我喜欢这样的人

二〇一一年七月

（一）

我喜欢这样的人，
他的言行，
总是那么自然。
你问他为什么帮助别人，
他只说，
看到别人得到帮助，
心中快活。

（二）

我喜欢这样的人，
他的言行，
总是那么朴实。
你不解他为什么不顾家，
他却觉得，
我家的日子，
过得不错。

(三)

我喜欢这样的人，
他的言行，
总是那么率真。
你担心出名招来压力，
他面对，
杂音甚或非议，
泰然自若。

(四)

我喜欢这样的人，
他的言行，
总是那么执着。
你顾虑总做好事太难，
他认定，
凡事贵在坚持，
焉能退缩。

北京街头赏槐花

二〇一一年七月

（一）

鹅黄淡雅不招摇，
盛夏酷暑显清高。
恋战骄阳敢遮天，
只为凉爽把夏消。

（二）

绒团暗香貌不扬，
暴风骤雨竟坦荡。
摇落飘洒无抱怨，
化作地毯派用场。

甬温铁路 7·23 特大事故

二〇一一年七月

动车追尾令心揪，
高铁质疑愈繁复。
故障频出说磨合，
安全隐患言勿忧。
祸难临头怎施救，
技术管理究几流。
直面现实讲真相，
中国创造誓不休。

兴修水利

二〇一一年八月

兴修水利今又忙，
富民强国第一桩。
洪涝疏堵人平安，
干旱浇灌粮满仓。
仰望大坝雄三峡，
长江之水不只长。
俯视水库小浪底，
黄河之水不再黄。
引滦入津，南水北调，
共品玉液饮琼浆。
都江堰，
智慧在闪光。
红旗渠，
意志更坚强。
想当年，

看今朝，
为着生命之源，
绞尽脑汁，
挺直脊梁。

浪淘沙

与子廉表兄聊叙感赋

二〇一一年九月

忆旧似梦破，
几度耽搁。
从艺任教一掠过，
命运多舛难平和，
自觉落魄。

世事本曲折，
无须惊愕，
荣辱得失都自若，
志存高远贵执着，
其奈我何。

清明上河园

二〇一一年九月

园由图生似寻常，
奇思妙想写文章。
包拯率众恭迎客，
大师绝技陪群芳。
市井商贾欢月夜，
鼓钹高脚展铿锵。
清明上河又出彩，
菊花金秋巧梳妆。

祝天宫一号发射成功

二〇一一年九月

二十一时十六分，①
神州传来大新闻。
天宫一号飞上天，
迎候神八结至亲。②
交会对接只一步，
技术验证更较真。
空间建站正登攀，
贡献世界树雄心。

① 2011年9月29日21时16分。

② 神八指神舟八号飞船。

秋日又登八达岭

二〇一一年十月

逝者如斯今昂扬，
笑话清秋好时光。
甘苦顺逆总有过，
随时向前莫彷徨。

赏红叶

二〇一一年十月

此去香山赏红叶，
先见大道绿篱红。
疏密浓淡近与远，
各有不同也相同。

壶口瀑布遐想

二〇一一年十一月

浊浪狂奔强闯关，
镇守怒吼阻敌顽。
激战硝烟腾云雾，
独见寒冬抱一团。

神八回家

二〇一一年十一月

2011 年 9 月 29 日发射天宫一号目标飞行器，11 月 1 日发射神舟八号飞船。11 月 3 日和 13 日，天宫一号和神舟八号分别实现第一、二次空间交会对接。11 月 17 日，神舟八号顺利返回地面。

短暂离别急回家，
谨记母恩早报答。
过硬功夫亲传授，
严细管教立家法。
派遣火箭检缜密，
指令天宫保无瑕。
交会对接功告成，
祝捷最想夸妈妈。

丽江印象

二〇一一年十一月

丽江景象今几多，
心潮澎湃难细说。
玉龙皑皑越四季，
白河潺潺幻五色。
弯弯曲曲鱼畅游，
洌洌蓝蓝鹰欢歌。
浑然天成不雕饰，
只愿装点新生活。

博鳌赏月全食

二〇一一年十二月

自古咏月多名篇，
今宵滋味另一番。
小船渐隐听涛涌，
沙洲时无看星繁。
老友小聚兴愈浓，
海北天南话婵娟。
岛中小岛景独秀，
难怪明月泛红颜。

西 江 月

庆祝国家优质工程奖设立三十周年

二〇一一年十二月

擂动追求卓越，
胜券铸就经典。
风雨兼程三十年，
品牌光鲜耀眼。

仰仗锐意创新，
赖以科学发展。
福祉百姓更烂漫，
记住任重道远。

春节前小聚即席所思

二〇一二年一月

淡定世态总从容，
往来谈笑会高朋。
一语掷地惊四座，
人生万勿贪利名。

清 平 乐

龙年除夕

二〇一二年一月

朔风劲吹，
知己正干杯。
十亿信息互祝福，[1]
欢呼巨龙腾飞。

火树银花辉映，
爆竹钟鼓共鸣。
普天同庆和美，
增岁不减年轻。

---

① 2012 年 1 月 23 日《北京晚报》报道，北京除夕夜发 11 亿多条短信互致祝福。

家中观令箭花开

二〇一二年三月

久居阳台犄角边，
且喜落寞甚安闲。
今观含苞秀姿色，
却爱故态依如前。

阳春乐

二〇一二年三月

老马已卸鞍，
无虑再扬鞭。
偶感即吟诗，
兴起便游园。
散步清身心，
读书助悠闲。
余年还几何，
珍重今安澜。

桃花初绽

二〇一二年三月

绿叶嫩芽羞迎客，
桃花吐蕊弄风情。
只惜蜂蝶约未履，
偶听飞来叫好声。

赏白玉兰

二〇一二年四月

洁白如玉傲枝头，
瓣香沁心胜一筹。
飘零着绿吻小草，
风骨难能数一流。

玉渊潭公园第24届樱花节

二〇一二年四月

迎来奇葩喜结缘，
设节锦上花又添。
长枪短炮追逐闹，
游人商贾笑语喧。
高扬爱国最醒目，
着意创新凸斑斓。
彰显包容互错落，
展示厚德共悠闲。

樱红心语

二〇一二年四月

此花凋谢彼花开，
今朝遗憾明朝来。
天生供赏别无图，
偶失妩媚求担待。

昌平草莓节

二〇一二年四月

沐浴春雨靓淋漓，
置身时令艳新奇。
尝遍诸种品其味，
自吟独赏沁心脾。

昌平草莓观博园

二〇一二年四月

（一）

红的

绿的

红绿红绿的，

看一眼

涎水欲滴。

（二）

酸的

甜的

酸甜酸甜的，

尝一口

馋虫跃起。

（三）

亚洲的
欧洲的
澳洲的，
转一圈
难舍难离。

（四）

园供赏，
棚供养，
果供享，
走一回
无限惬意。

听赞牡丹花想起在内蒙古四子王旗所见干枝梅

二〇一二年五月

厚待浓艳薄素颜，
只因不知所以然。
牡丹华丽梅骨硬，
各有千秋皆不凡。

。

又一春

——赞中施企协第27次年会

二〇一二年五月

其一

年会壮举势恢宏，
敢比高低与天公。
卓越经典声阵阵，
卅年国优骨铮铮。
促企发展转方式，
推进创新显神通。
竭诚服务重实效，
担当桥梁更峥嵘。

其二

振臂高呼战龙年，
承上启下肯登攀。

国优精神再光大，
福祉百姓续新篇。
会员励志成伟业，
同行聚力勇向前。
发展大计共议定，
试问蜀道有何难。

向北京公交师傅致敬

二〇一二年五月

日复一日，
年复一年，
一样的线路，
一样的站点。
拥堵不躁，
熙攘不烦。
嗫嚅轻问，
您难道真的情愿？
爽快回答，
他人在我心间！

励 志

二〇一二年六月

读《叶剑英诗词集》中关于方志敏、左权、刘志丹的三篇诗文，感慨良多。三位烈士牺牲时分别为34岁、37岁、33岁，是他们用年轻的生命换来新中国的繁荣昌盛。我们一定要继承他们的遗志，做一个无愧于祖国和人民的好儿女。

三君身躯为国捐，
叱咤风云正英年。
青春无悔当立志，
少年中国奉箴言。

恭读杨连广同志近日诗作《八十润笔》

二〇一二年六月

世事纷繁巧觅踪，
诗文相伴乐还童。
《习之集》萃犹未尽，
如椽之笔现真功。

附：杨连广同志《八十润笔》

忝列“八〇后”，
诗坛网上游。
邯郸重学步，
捶背上层楼。

美之歌

二〇一二年六月

从北方到南方，
从女士到男士，
从教师到司机，
美一直在传递。

张丽莉，
你是好样的，
你为救学生而致残，
哈市为你祈福的人们，
川流不息。

吴斌，
你是好样的，
你为保乘客而捐躯，
杭城为你送行的人们，
万众悲泣。

美在爱中写，
爱在美中叙。
爱无疆，
美无际。
向吴斌张丽莉
看齐！
我们的生活一定会
更美好。
我们的祖国一定会
更美丽。

祝神舟九号载人飞船发射成功

二〇一二年六月

天宫一号欲结缘，
神舟九号将亲攀。
慈父慈母亲操持，
伴郎伴娘助缠绵。
交会轻轻若丝软，
对接密密似钢坚。
纵情遨游览宇宙，
最羡光彩航天员。

祝神舟九号载人飞船胜利归来

二〇一二年六月

神九飞天此出征，
捷报频传建奇功。
攀亲约会一孤旅，
结缘相携三英雄。
交会自控极精准，
对接手控更巧灵。
绝配天宫互牵手，
耳鬓厮磨话振兴。

清平乐

祝捷

二〇一二年六月

2012年6月24日，“蛟龙”号载人潜水器深潜7020米成功。接着，“神舟九号”载人航天飞船与“天宫一号”手控交会对接成功。潜航员叶聪、刘开周、杨波同航天员景海鹏、刘旺、刘洋互相祝贺！这一天，中国同时诞生了载人航天和载人深潜的新纪录。听此消息，心潮澎湃，思绪万千，激情难抑，即刻提笔记下所思所想。

神九蛟龙，[①]
展中华雄风，
飞天手控接天宫，
深潜七千成功。

可爱六位英雄，
总是淡定从容。
壮举无与伦比，
祖国永驻心中。

---

①蛟龙指蛟龙号载人潜水器。

喜看好儿郎

二〇一二年七月

昨日酒飘香，
今宵歌嘹亮。
朋友话友谊，
同志说志向。
创先聚众力，
争优唤自强。
先烈甚欣慰，
喜看好儿郎。

暴雨袭京城

二〇一二年七月

2012年7月21日，北京遭遇61年来最大暴雨袭击，造成79人亡。闻此讯深感悲痛，赋诗以悼亡灵。

预警何初衷，
设防第一宗。
只惜防有瑕，
更恨暴雨凶。
情深敢问政，
救灾亦反躬。
颂歌岂遮耳，
俯首祭亡灵。

长白山大峡谷石柱

二〇一二年八月

斧劈刀削刃自出，
穿雾刺天势突兀。
峭壁试比羞与共，
激流欲撼甘认输。

中施企协2012年通联工作盛会

二〇一二年八月

擦掌又摩拳，
弓满箭在弦。
众矢齐射的，[1]
欢呼令已颁。

---

①矢即箭，的即箭靶的中心。

保卫钓鱼岛

二〇一二年九月

三光余孽又复燃，
甚嚣尘上要横蛮。
导演购岛演闹剧，
抓扣保钓放狂言。
旧债蹂躏消弭未，
新账夺岛义愤添。
我之领土岂容辱，
同仇敌忾捍主权。

淡定疾病

二〇一二年九月

半载两腿痛难行，
却是脊椎始作俑。
久闻此病谓顽疾，
偶听彼医称神通。
稍乱投诊为小试，
解疑观效盼救星。
但知患病皆不愿，
无须小怪与大惊。

秋　忆

二〇一二年十月

清秋落叶何苍凉，
枝条孤挺傲雪霜。
待到来年再裁剪，
叶茂枝繁更风光。

满 江 红

庆祝中国共产党第十八次全国代表大会胜利召开

二〇一二年十一月

科学发展，
览十载成就辉煌。
曾记得，
隆平硬朗，
刘洋飒爽。
凡人巨匠显身手，
内政外交放光芒。
为百姓，
造福倾全力，
功无量。

主题歌，
多嘹亮，
阳关道，
更宽长。
听美丽召唤，
回声铿锵。
高举旗帜领航向，
锁定目标奔小康。
将凝聚万众心与力，
谱华章。

丰碑

——向罗阳同志致敬①

二〇一二年十一月

航空航天两翼飞，
舰载飞机铸丰碑。
矢志航母成战力，
夙愿祖国早生威。
呕心沥血甘奉献，
足智多谋善指挥。
英年早逝忠魂舞。
英雄不朽必永垂。

---

①罗阳同志生前任中航工业沈阳飞机工业（集团）有限公司董事长、总经理。我国歼-15舰载机起降航空母舰“辽宁舰”，这是我国国防建设一次历史性跨越，具有里程碑式重要意义的成功试验。在试验中，罗阳同志担任舰载机研制总指挥任务。2012年11月25日因劳累过度返回途中牺牲，享年51岁。

忆秦娥

哈尔滨冰雪节

二〇一二年十二月

瑞雪飘，
万物暗喜静悄悄。
静悄悄，
滋润沃土，
抱裹青苗。

冰雪盛节今奇寒，
面目不露笑语喧。
笑语喧，
声动冰城，
响彻边关。

中施企协第28次年会

二〇一三年四月

（一）

今日相逢在绿城，
放眼满座皆高朋。
往昔忆及议成就，
未来展望论纵横。
志同有缘珍合作，
道合无尽重共赢。
第一要务认发展，
创新永续只进行。

（二）

施工企业向何方，
改革升级忌彷徨。
协会助力同步调，
会员发奋共图强。

创先争优巧运作，
代言献策细思量。
担当用武逢其时，
喜听高歌再引吭。

反腐赞

二〇一三年五月

利剑斩草又除根，
直指腐败力千钧。
擒虎捕蝇施歼灭，
踏石抓铁留印痕。
权力入笼治自腐，
监督张网防藏身。
最令清醒一警语，
莫忘执政只为民。

中秋遐想

二〇一三年九月

今宵赏月别样情，
风清气正享文明。
弘扬节俭从实际，
叫停晚会凭明星。
倡导团圆尚礼仪，
不容公款送月饼。
善小累积成气候，
劲扫落叶唤秋风。

永不停步

二〇一三年十月

少小高唱东方红，
古稀吟诵毛泽东。
风雨兼程再励志，
接力奋笔写大同。

七日一念

——写在2013年国庆节期间

自然其美，人之所爱；
自然若美，须人予爱；
自然景观，千姿百态，
勿惟共赏，应倡个爱。
泰山览下，香山看红；
黄河狂吼，九曲淙淙；
梅花骨硬，牡丹雍容；
灵芝稀有，蓬蒿丛生；
白杨直立，青松高风；
阿房有赋，陋室留铭。
同为一种，赞誉不同，
何者为优，难分伯仲。
自得其乐，此理永恒！

为开放加油

二〇一三年十一月

空气清新须开窗，
缘起吐纳利健康。
只道灰尘将混迹，
但见苍蝇欲逞狂。
每天打扫可除尘，
时刻挥拍蝇必亡。
若问今夕何感觉，
养心润肺叙衷肠。

祝探月成功

二〇一三年十二月

嫦娥登临月，
玉兔踏看行。
互拍相诫勉，
初试莫叹惊。

春节前北京市人民政府号召少放不放烟花爆竹有感

二〇一四年一月

畸重传统又民俗，
燃放烟花与爆竹。
亲见空气遭污染，
尝闻炸响伤无辜。
忍看碎屑人生怨，
悉听火警心自怒。
诸事既以人为本，
管制何必几反复。

北京初雪

二〇一四年二月

飞雪偏爱伴初春，
润苗清肺送温存。
恰值冬奥堪作美，[1]
吉兆申办可超群。[2]

---

①冬奥指2014年2月8日在俄罗斯索契开幕的冬奥会。

②申办指我国北京、张家口联合申办2022年冬奥会。

念友

二〇一四年二月

每忆先前交往，
心情便起激动。
志同难得道合，
友谊永值称颂。

战雾霾

二〇一四年二月

时值2月26日，全国大面积雾霾天气已连续七天。北京连续三天发布橙色预警。2月27日终于有了艳阳天，心情大好，欣然命笔记之。

雾霾勾结扰民生，
连日霸道且逞能。
遮天蔽日泼污染，
障眼袭肺耍威风。
淡定面对多措举，
除根应急众成城。
风吹雨打助驱散，
天人合一终放晴。

学习焦裕禄有感

二〇一四年三月

见贤实不易，
思齐更觉难。
求解无深奥，
为民便等闲。

玉渊潭公园第 26 届樱花节

二〇一四年四月

观绿赏红戏玉渊，
吟诗起舞唱欣欢。
笑问知否今时节，
胜似桃花源与潭。

无名花

二〇一四年四月

含苞待放无人知，
吐蕊盛开难逢时。
不怨百花齐争艳，
但喜群芳招花痴。

读朋友散文诗

二〇一四年五月

自古诗言志，
今读格外亲。
日出红似火，
月照亮如银。
天涯弃断肠，
孤岛留爱心。
意境致高远，
向前抵万金。

但闻栗花香

二〇一四年五月

少年家乡记犹新，
谈及栗树泪沾襟。
行行浓荫今不见，
累累果实荡无存。
遥思玩伴林间耍，
回想祖母育幼林。
何时栗花香再来，
脆甜板栗富众民。

反腐要震慑

二〇一四年七月

物腐虫生急需医，
防腐除虫善治理。
巡视利剑擎在手，
火眼金睛看问题。
抡起铁拳虎破胆，
挥动塑拍蝇凄厉。
清风拂面精神爽，
战斗正未有穷期。

树上石榴

二〇一四年七月

健硕身躯压弯枝，
籽粒抱团心诚实。
红绿相间好颜面，
低头含笑示情痴。

时刻准备打仗

二〇一四年八月

久违枪声忘战争，
岂料海上枝横生。
强占钓岛日叫板，
抢夺黄岩菲折腾。
我之领海我勘探，
越却袭扰越逞能。
捍卫主权当备战，
老兵枕戈待征程。

同事喜聚

二〇一四年八月

昨日同事心相印，
今天朋友情纯真。
欢聚高吟将进酒，[①]
离别默诵赠汪伦。[②]

①②将进酒、赠汪伦皆为李白所作诗名。

回家路上

二〇一四年八月

此山依旧在，
此水照样流。
我能陪几时，
但愿略长久。

又逢中秋节

二〇一四年九月

初秋暑难消，
晚秋寒易飙。
中秋别样爽，
圆月格外皎。
思亲发短信，
喜食任选挑。
传统加现代，
怡然且逍遥。

首个“烈士纪念日”

二〇一四年九月

烈士已长眠，
忠魂留人间。
功勋昭日月，
气概壮河山，
舍身谋民福，
取义唤承传。
今设纪念日，
英雄笑九泉。

说高铁

二〇一四年十月

快之深意伟人声，①
中华儿女齐响应。
风驰电掣勇超越，
日新月异敢拼争。
名扬中外不停步，
利民千秋再起程。
往来穿梭胜信步，
归去来兮俱从容。

---

①此句是指我国改革开放的总设计师邓小平在党的十一届三中全会召开前夕，1978年10月访问日本期间，乘坐新干线从东京去关西时，记者问他有何感想，他说："快，真快！这就是现在我们需要的速度。""我们现在很需要跑。"

七十抒怀

二〇一四年十月

人生七十古来稀，
从心所欲何容易。
细品如皋健康谱，
详解巴马长寿谜。
喜闻医药新进步，
乐见养生大普及。
追求美好不言老，
无意着急见上帝。

丰台北宫山森林公园野菊花盛开

二〇一四年十月

野菊独傲劲秋风，
小花怒放竞峥嵘。
落叶纷纷送飞吻，
游人啧啧溢欢声。

赏枫叶银杏叶落

二〇一四年十一月

飘红飞黄撒草间，
点染绿毯耀斑斓。
秋菊串红相媲美。
自叹叶比花儿鲜。

亚太经合组织(APEC)峰会期间北京保障好

二〇一四年十一月

天气好

雾霾终由风吹去,
蓝天始伴日出来。
烟气水沙施综治,
何愁清新无尘埃。

秩序好

孽种欲动搅安全,
诸警奋起弓上弦。
八十万众紧盯防,
换来秩序超井然。

国家公祭南京大屠杀死难者

二〇一四年十二月

卅万亡灵共呐喊，
呼唤世人知冤魂。
当年屠杀如踩蚁，
而今雌黄似飞蚊。
幸存悲愤斥暴虐，
万众慷慨誓同心。
不容罪人再造孽，
捍卫和平朗乾坤。

京城快递

二〇一四年十二月

黄白红绿犹穿梭，
街巷居所任其多。
风雪雨雾全无阻，
起早贪黑皆乐呵。
快字当头且精准，
寄出送达几无错。
方兴物流惠百姓，
速递高歌新生活。

又见白云观边卖香者

二〇一五年一月

烧香跪拜祈平安，
试问几时可应验。
莫若直面诸不悦，
越沟过坎履平川。

爱的宣言

二〇一五年二月

走路难，
依然前进。
说话难，
依然表达。
她就是
农民诗人
余秀华。

母瘫痪，
只觉娘亲。
父重病，
一心报答。
她就是
道德模范
商雨佳。

她们
胸前的红花，
装点着
美丽中华。
她们
常青的枝叶，
在深沉的爱中
把根扎。

十六字令·情（三首）

二〇一五年二月

其一

情，
维系家和万事兴。
振臂呼，
家家齐响应。

其二

情，
古今中外说安宁。
劝向善，
妙语净心灵。

其三

情，
融合理法更高明。
大智慧，
永续向前行。

水浇春

二〇一五年二月

2015年2月19日(农历乙未年正月初一即羊年春节),又是今年二十四节气中的雨水,这种概率很小。北京下起了雨雪,人们俗称“水浇春”。

百年难逢水浇春,
解渴京城润物新。
点赞羊年兆头好,
乘势进取梦成真。

永远的榜样

——献给敬爱的吴老[1]

二〇一五年三月

五子棋局无秘诀，[2]
四风克星此处觅。[3]
为民夙愿只在公，
防腐神功筑铁壁。
挺直脊梁扬清风，
耸起肩膀担道义。
作风建设向何方，
吴老便是一面旗。

---

①吴老指我国第五任财政部部长吴波。

②“五子棋局”系媒体对吴老对待位子、车子、房子、票子、孩子态度总括的比喻。吴老一生位子为民谋利，车子用于公干，房子交公处理，票子公款从不私用，孩子靠自强自立。

③“四风”系指党中央关于在全党开展党的群众路线教育和实践活动中，提出要纠正的“官僚主义、形式主义、享乐主义、奢靡之风”。

春日游月坛公园

二〇一五年三月

喜鹊觅食嫩草间，
老夫信步草坪边。
微风轻拂红日吐，
静谧无忧享清闲。

玉渊潭公园第27届樱花节

二〇一五年三月

樱花唱戏久不衰，
感念潭水巧搭台。
滋润桃杏早绽放，
浇灌海棠继盛开。
荡起黄鸭泛涟漪，
迎来翠鸟聚抓拍。
樱红水绿相成趣，
满园春色共剪裁。

清明话人生

二〇一五年四月

来于自然归自然，
无人例外化青烟。
科学规律须认知，
人生态度应达观。
朝霞夕阳皆欢喜，
顺水逆风照撑船。
遥望天堂寄哀思，
泪水洗心自扬鞭。

参观大兴梨花园与同行老者玩笑

二〇一五年四月

古稀已成过往事，
八秩奋发酬壮志。
九旬上帝免注册，
期颐也只待时日。

劝君当自强

二〇一五年四月

看人眼色，看人脸色。
每天揣测，每天忐忑。
寻思利弊，寻思取舍。
何等卑微，何等猥琐。
此等心态，此等生活，
实在悲哀，实在落魄。
劝君自强，劝君振作。
堂堂正正，蓬蓬勃勃。
岂不美哉，岂不快乐！

神勇史蒂芬·库里

二〇一五年五月

百步穿杨三分篮，
犹如泥鳅难把攥。
出神入化惊四座，
最有价值不虚传。

史蒂芬·库里在美国NBA2014-2015赛季被评为最有价值球员。

漫步公园所见即思

二〇一五年六月

（一）

昨见小儿欲折花，
妈妈一旁嘻哈哈。
戏踩草坪花折断，
妈喊宝贝快回家。

（二）

今见小儿持空瓶，
妈妈一旁细叮咛。
轻轻放进垃圾桶，
妈夸孩子讲文明。

（三）

从心所欲漫浮想，
生活百态才正常。
是非对错极易辨，
但愿多些正能量。

说松树

二〇一五年七月

搭乘春风生嫩针，
从此立定常青身。
寒热阴阳全不顾，
留住绿色怡后人。

举办冬奥令出发

二〇一五年八月

举办冬奥令已颁，
跃马疾驰即扬鞭。
助推竞赛奔精彩，
创意策划追非凡。
科学组织求卓越，
服务中心争桂冠。①
两奥同城开先河，②
北国风光耀斑斓。

①中心即以运动员为中心。

②两奥指“夏奥会”和“冬奥会”。

铭记历史

——参观中国人民抗日战争纪念馆

二〇一五年八月

后事之师乃前事，
追梦焉能忘抗日。
南京屠杀骇听闻，[1]
远东审判警后世。
黑白不容任颠倒，
罪孽岂可妄黄雌。
先烈壮怀又重温，
匹夫报国再展翅。

①骇听闻，即骇人听闻之意。

观看纪念抗日战争暨世界反法西斯战争胜利七十周年阅兵有感

二〇一五年九月

纪念抗战首阅兵，
宣示军威保和平。
镇守海疆箭炮准，
捍卫领空雄鹰精。
女儿飒爽展英姿，
男儿报国示血性。
小米步枪尚可胜，
今夕何虑几苍蝇。

偶　思

二〇一五年九月

天天工作苦，
日日心中甜。
多思成与败，
少想名和钱。

北京中山公园祭坛前感念

二〇一五年十月

七色彩练五色土，
彩绘人间共劲舞。
偶有闲言说无味，
难撼自愿付辛苦。

秋日赏钓鱼台国宾馆东墙外银杏林

二〇一五年十月

银杏叶黄枫叶红，
各领风骚露峥嵘。
五光十色才精彩，
东西南北勿忘中。

晨练一瞥

二〇一五年十一月

太极悠悠柔秀美，
猴拳呼呼骤生风。
强身健体任取舍，
选择适合最聪明。

吟小雪节气

二〇一五年十一月

小雪迎来大雪天，
节令常规固守难。
细密颗粒施沙打，
粗疏枝叶长银团。
寒气侵骨行人稀，
薄冰覆路车子闲。
持锨执帚清冰雪，
万众欢腾话来年。

向往九寨沟

二〇一六年一月

美景荟萃九寨沟，
身临其境画中游。
森林原始邀探秘，
长海波平招荡舟。
五花海影舞浅底，
珍珠滩歌飚轻柔。
精致瀑布诺日朗，
欲离一步三回头。

年夜饭全家聚餐

二〇一六年一月

羊年将去喜洋洋，
猴年即来亮堂堂。
畅饮美酒说趣事，
品尝佳肴话家常。
妯娌相敬共祝福，
兄弟互尊同吉祥。
孙辈嬉戏笑声飞，
老俩喜获寿而康。

猴年春节北京艳阳天

二〇一六年二月

世间万事贵包容，
只缘事有多样性。
低碳发展山水绿，
爆竹燃放雾霭朦。
环保习俗生嫌隙，
预警限放施调停。
乐而不极大智慧，
百姓拥护又欢迎。

自省

二〇一六年二月

位卑言微貌不惊，
知己知足心自清。
牌桌酒场已无缘，
偏爱捧读悟品行。

小草说

二〇一六年二月

小草说，
我感恩，
感恩：
阳光温暖着
春风抚摸着
雨露梳洗着
黑土滋润着
标牌呵护着。

小草说，
我要报答，
我：
愿意铺成绿茵场
愿意养肥马牛羊
愿意衬托鲜花

愿意覆盖黄沙。
即使献身荒漠石墨，
或者葬身峭壁悬崖，
只要化为绿色，
我都愿意。
因为
我要报答。

早春

二〇一六年三月

布谷欢歌唤春光，
桃花含苞待盛装。
小草初醒伸懒腰，
垂柳摇曳悄抽长。

刍议清明

二〇一六年四月

节日节气同一名，
祭扫农事意不同。
古往感时觉魂断，
今来念祖正家风。
岂止尽兴享清爽，
更要抓紧备春耕。
劝君谨记两不误，
适播五谷争丰登。

无 题

二〇一六年四月

甩掉杂念只一心，
留住余力侍亲人。
倘若苍天赐如愿，
此生此举抵万金。

玉渊潭公园第28届樱花节

二〇一六年四月

樱花又绿杨柳岸，
春日再暖玉渊潭。
游船桥洞悠悠过，
地铁潭底呼呼穿。
园艺专家传育花，
工匠师傅辟新园。
唱罢牡丹兴未尽，
叹服此园非景山。

自嘲

二〇一六年四月

我本一武夫，
才浅且学疏。
笨鸟常先飞，
终究不入流。

劳动者之歌

二〇一六年五月

顶天立地劳动者，
喝问困难奈我何。
巡天绕地飞天宫，
越山跨水驰动车。
传祥进喜仍领跑，
隆平呦呦树楷模。
光荣绽放齐心干，
一路小康奏凯歌。

石榴

二〇一六年五月

护干剪枝展新容，
自知颜值极普通。
多子抱团祈多福，
奉送酸甜靠内功。

“抢七”大战

二〇一六年五月

美国NBA篮球赛2015－2016赛季西部决赛，勇士队1：3落后雷霆队，且有两场大比分惨败，已处绝境。但勇士队竟绝处逢生，翻盘获冠军。实在感慨万端，思绪万千。

预测失准半分毫，
对错颠倒羞难消。
曾猜争冠昨落定，
熟料抢七今比高。
列数举事足可信，
鉴史论理无剔挑。
此番胜率小者胜，
壮怀奇志是真招。

沉 思

——写在父亲节

二〇一六年六月

乡愁最念父爱深，
每忆恩情泪涌奔。
言传一向说实干，
身教从来示助人。
知足常念儿女好，
自立体谅晚辈心。
吾为人父合格否，
享福亦需泽子孙。

纪念中国共产党成立九十五周年

二〇一六年七月

君问立党向何方，
共产主义是理想。
今日努力凭实干，
远大目标靠信仰。
道路曲折志愈坚，
前途光明眼更亮。
忠贞不渝为百姓，
永不停步慨而慷。

南海仲裁案可休矣

二〇一六年七月

捧读主席满江红，[1]
痛斥当今几苍蝇。
仲裁闹剧嗡嗡叫，
舰机滋扰蠢蠢动。
裁决只是一废纸，
炫武充量撼树虫。
捍卫主权与权益，
守如磐石声如钟。

---

①满江红指毛泽东所著《满江红·和郭沫若同志》。

盛夏避暑

二〇一六年七月

笃信心静自然凉，
少安毋躁乃良方。
通幽小径独漫步，
躲进一隅饮琼浆。

纪念唐山大地震四十周年

二〇一六年七月

四十年前刹那间，
震魔肆虐无忌惮。
倾覆广厦夷平地，
吞噬生命绝人寰。
大灾大难重奋起，
自强自立建家园。
花园新城今耸立，
告慰亡灵尽安眠。

再自省

二〇一六年八月

比下有余自知足，
何必比上招烦忧。
此理通俗嘴边挂，
只惜践行近乎无。

绽放光荣

二〇一六年八月

近日，中央电视台组织播放了“80”后即八十岁以上、“70”后即七十岁以上各十位歌唱家的两场演唱会，其情其景感人至深，信口哼出。

德艺双馨世人知，
为民服务心最痴。
欣喜古稀耄耋后，
放歌经典仍当时。

贺中国女排荣获巴西里约第31届奥运会金牌

二〇一六年八月

其一

对阵巴西三七开，
绝地反击赢下来。
再战荷兰最惊心，
三局小计胜六分。
决战塞队负首局，
小组落败未复回。
气势如虹不可挡，
一记探头定音锤。

其二[①]

小组末位出线，

①此首系填词，词牌名为西江月。

淘汰首遇巴西。
从此信任转质疑，
可怜亿万球迷。

鏖战巴西报捷，
险胜荷兰惊喜。
逆转塞队显实力，
神奇怎凭运气。

其三

投身奥运便壮怀，
历经冰火夺金牌。
一言九鼎肩上扛，
千难万苦脚下踩。
升起国旗泪夺眶，
奏响国歌心澎湃。
中国团队中国范，
女排精神澄尘埃。

天宫二号发射成功

二〇一六年九月

感慨中秋华章多，
难比赞美今宵歌。
宇宙奥秘令神往，
科学精进逐解惑。
空间试验谁敢为，
天宫二号登宝座。
世人寻它源何方，
万众惊呼我中国。

遛弯见闻记

二〇一六年九月

林中飘出梁祝曲，
塘边响起长征歌。
大妈舞姿笑比俏，
老伯棋艺乐切磋。
乒乓推拨舒筋骨，
太极轻柔意平和。
一路拾趣留心印，
白发装点新生活。

赴会有感

二〇一六年九月

幸会企业家，
精神大焕发。
忆往心相印，
说今理通达。
同志约共勉，
朋友商明察。
知己恨见少，
情谊诚无暇。

重阳即兴

二〇一六年十月

晨光映海清，
晚霞染山辉。
重阳不觉老，
时至自西归。

庆生小曲

二〇一六年十月

七十有二喜登山，
放眼秋色享清闲。
轻雾飘绕空气润，
枫叶初红细水潺。
凉亭小憩夫妻敬，
幽径信步老友欢。
但现天梯几人影，
忽见挥手在峰巅。

致家乡友人

二〇一六年十一月

五十三年别故园，
寒窗老友倍思念。
求学共越沟和坎，
务农同尝苦与甜。
少小懵懂互鉴谅，
青春纯真无隙嫌。
人生择路各不同，
乡愁相惜尽开颜。

英雄赞

二〇一六年十一月

2016年9月15日，我国天宫二号发射成功。10月18日发射神舟11号，同天宫二号成功对接。航天员景海鹏、陈冬同志进驻天宫二号，历时一个月，于11月18日胜利返回。

航天英雄景海鹏，
太空探秘三登程。
神舟出舱参首试，
天宫进驻率先行。
巡天庆生感慨多，
住舱实验成果丰。
战友同心并肩战，
凯旋喜闻新长征。

落叶

二〇一六年十一月

昨配红花别样美，
今铺大地分外佳。
绿从枝摇迎纳凉，
黄随风舞胜散花。

冬至次日雾霾消散天晴朗

二〇一六年十二月

聚集滋事甚嚣张，
搅扰人间怨恨长。
烟雾笼罩浑五日，
尘霾迷蒙漫四方。
限行限产力断源，
停课停工减损伤。
寒风震怒施横扫，
驱散雾霾天晴朗。

面对雾霾我之悟

二〇一七年一月

卷土重来又逞凶，
应对良策守为攻。
倘有外出戴口罩，
若无急事宅家中。
读书看报互调剂，
电视聊天相兼容。
卧室阳台踱方步，
平心静气练真功。

男儿大丈夫

二〇一七年一月

男儿大丈夫，
冷对较锱铢。
日食一升够，
夜睡八尺足。
临事遵有度，
非分从无求。
晚节当保持，
难得知荣辱。

2017中国诗词大会（第二季）落幕

二〇一七年二月

合辙押韵妙趣生，
心驰神往洗耳听。
金鸡报晓一声啼，
唤起万众呼传承。

勿轻信电台医药广告

二〇一七年二月

装腔作势善忽悠，
骗哄蒙吓使人愁。
趁机售药说神奇，
昧心赚钱何时休。

喜读古诗词

二〇一七年二月

古诗词，喜爱读。
常翻阅，唐李杜，
尽欣赏，宋辛苏，
聊天时，脱口出；
看今朝，陈叶朱，
文采扬，战功著，
箴言记，警句熟。
毛主席，旗帜树，
古为今，前所无，
句经典，字玑珠，
不释手，背如流，
悟其理，心口服。
天天读，享好处，
心力满，意愿足，
乐其中，永不休。

家事调节重讲情

二〇一七年二月

亲人计较气哼哼，
多为财产起纷争。
劝君莫要只为己，
多予少取好家风。

为孙女备战中考加油

二〇一七年二月

好钢用在刀刃上，
功夫下到关键时。
中考备战须精准，
实力评估当自知。
登顶可望亦可即，
争先奋起何有迟。
待到如愿又以偿，
回眸笑说苦也值。

治霾一瞥

二〇一七年三月

绿色出行早号召，
汽车如蚁照逍遥。
幸有红粉黄色现，[1]
匠心独具酿高招。

---

①所谓红、粉、黄色系指三种不同的共享单车，既方便出行，又很环保，岂不美哉。

为施工企业献歌

二〇一七年三月

一路施工一路歌，
唱遍祖国好山河。
唱出高铁初棋布，
唱出安居已星罗。
唱出桥连港珠澳，
唱出气输苏沪浙。
润喉北调南方水，
纵情高歌最快乐。

与友人共进午餐

二〇一七年三月

一杯绿茶代酒香，
四盘便菜胜高档。
面汤下肚互道别，
餐间即兴话家常。

读《启功丛稿（诗词卷）》

二〇一七年三月

先生诗词极耐读，
语言幽默尤通俗。
生老病死娓娓道，
喜怒哀乐侃侃抒。
题画信手便拈来，
哲理脱口即吟出。
非絮非赘真学问，
为学为德鼓与呼。

农贸市场买菜

二〇一七年三月

农贸市场好颜容，
闲逛不疲乐其中。
嘈杂叫卖声鼎沸，
熙攘人群头攒动。
货比三家方下手，
精选细挑试眼功。
怎奈昏花常走眼，
可叹我非孙悟空。

海棠花瓣落

二〇一七年四月

春风吹落任飘洒，
离群索居愁安家。
喜与小草结连理，
全新生活又出发。

诉说

二〇一七年四月

偶遇折枝追逐欢，
又见野餐草坪间。
小草嗫嚅茎受伤，
树枝哭诉臂致残。
草木遭侵少治愈，
花叶遇袭无生还。
求君自重勿失范，
遵守公德享尊严。

玉渊潭公园第29届樱花节

二〇一七年四月

潭边野花竞相开，
尽为节日添光彩。
早樱言谢邀相伴，
晚樱由衷共同台。
享誉报春第一枝，
担当观赏盛不衰。
百花齐放今更美，
赢得游人慕名来。

共享单车损毁见闻

二〇一七年五月

万事开头难，
此时忌求全。
切莫不容错，
万勿任指点。
纠偏要看准，
力挺敢承担。
造福百姓否，
终归看实践。

晨练见公园花木挂标示牌

二〇一七年五月

世事皆学问，
此言真确之。
花木一径赏，
养护三不知。
呵护立提醒，
育养挂标示。
学玩若共生，
怡情长见识。

“一带一路”国际合作高峰论坛胜利召开

二〇一七年五月

一带一路好开篇，[1]
此呼彼应势不凡。
高举三共扬要旨，[2]
奔向五通策发展。[3]
打造命运共同体，
创建合作新机缘。
我将因之更开放，
引进走出向高端。

---

①“一带一路”是“丝绸之路经济带”和“21世纪海上丝绸之路”的简称。

②“三共”即共商、共建、共享。

③“五通”即政策沟通、设施联通、贸易畅通、资金融通、民心相通。

回乡省亲拜兄嫂

二〇一七年五月

挂冠古稀自怡然，
忆及往事过云烟。
品尝美好话当今，
应对曲折思向前。
老朽身衰气愈鼓，
迟暮心弱志更坚。
毕竟规律不可逆，
携手奋进度余年。

一位老人的倾诉

——写给深爱着的孩子们

二〇一七年六月

如果我真的在睡梦中悄然离去，
那将是你们的福气；
如果我真的生活一直能够自理，
那将是你们命运带来的神力；
如果我真的能帮你们做点事，
那将是上帝赏赐你们的红利；
生活自理，
帮忙出力，
悄然离去，
那是我的希冀。
生老病死是真正的自然规律，
你们对困难要充分估计，
对责任要主动担起。
假如我真的如愿以偿，
那我便盖棺论定幸福至极！

有感于美国NBA 2016—2017赛季总决赛MVP得主杜兰特

二〇一七年六月

独步豪门誓立身，
无暇顾及议纷纷。[1]
为虎添翼心遂愿，
助队夺冠梦成真。
担当领军帜独树，
协力众将树同根。
德美技高堪完美，
烈火锤炼铸真金。

①议纷纷，即议论纷纷之意。

四川茂县叠溪镇新磨村新村组富贵山发生特别重大山体滑坡灾害

二〇一七年六月

泥石狂泻卷青山，
吞房断流漫无边。
苍天无情极冷酷，
举国仗义最温暖。
预测预报盼突破，
施救施援望井然。
自信科学终必胜，
驱灾避祸保安澜。

庆祝香港回归祖国二十周年

二〇一七年七月

认祖归宗合家欢，
祖国母亲总挂牵。
回归雪耻初释怀，
健康成长当靠山。
昭告根本防迷失，
允存大异容多元。
行稳致远好制度，
勠力同心奔明天。

满 江 红

庆祝中国共产党
第十九次全国代表大会
胜利召开

二〇一七年十月

举国欢腾，
贺祖国繁荣昌盛。
振臂呼，
治国理政，
伟业丰功。
四个全面齐推进，[1]
五位一体共前行。[2]

①“四个全面”即全面建成小康社会、全面深化改革、全面依法治国、全面从严治党的战略布局。

②“五位一体”即经济建设、政治建设、文化建设、社会建设、生态文明建设的总体布局。

遵创新引领加实干，
无不胜。

新时代，
放光明，
从头越，
再长征。
看穿云破雾，
斩棘披荆。
四个伟大励壮志，[1]
两个百年唤攀登。[2]
更有新思想指方向，[3]
晋复兴。

①“四个伟大”即进行伟大斗争、推进伟大事业、建设伟大工程、实现伟大梦想。

②“两个百年”即建党百年实现全面小康、建国百年实现社会主义现代化强国。

③ 新思想即习近平新时代中国特色社会主义思想。